문학과지성 시인선 **30**

이 시대의
아벨

고정희 시집

문학과지성사

문학과지성사에서 펴낸 고정희의 시집

지리산의 봄(1987)

문학과지성 시인선 30

이 시대의 아벨

초판 1쇄 발행 1983년 10월 5일
재판 1쇄 발행 2019년 11월 15일
재판 5쇄 발행 2023년 4월 18일

지 은 이 고정희
펴 낸 이 이광호
주   간 이근혜
편   집 이민희 최지인 조은혜 박선우
펴 낸 곳 ㈜문학과지성사
등록번호 제1993-000098호
주   소 04034 서울 마포구 잔다리로7길 18(서교동 377-20)
전   화 02)338-7224
팩   스 02)323-4180(편집) 02)338-7221(영업)
전자우편 moonji@moonji.com
홈페이지 www.moonji.com

ⓒ 고정희, 1983, 2019. Printed in Seoul, Korea

ISBN 89-320-3528-4 03810

문학과지성 시인선 30

이 시대의 아벨

고정희

일러두기

1. 재판 발간 시기의 맞춤법에 따라 몇몇 시의 시어, 문장부호를 수정했다. 단, 시인의 의도로 판단되거나 글자 수의 변화 등으로 리듬에 영향을 주는 경우에는 초판의 표기대로 두었다.

2. 맞춤법과 외래어 표기, 문장부호는 현행 국립국어원 규정을 원칙으로 삼되, 띄어쓰기는 문학과지성사 자체 규정을 따랐다.

3. 한자어는 한글로 옮기거나 각 시마다 처음 1회 병기하는 것을 원칙으로 삼았다.

시인의 말

두번째 시집 『실락원 기행』(1981) 이후에 발표된 2, 3년 동안의 작품을 제5부로 묶었다. 올해 5월에 상재한 장시집 『초혼제』가 그 1부에 속한다면 이 시집은 제2부에 속한다고 말할 수 있다. 그리하여 1년에 두 권의 시집을 묶는다는 사실이 외형적으로 내게 상당한 부담이 되어왔지만 그러나 기왕에 정리된 작품들을 단지 출판일을 늦추기 위해서 갈무리해두는 것은 나로서는 무의미하다는 결론에 도달했다.

허물은 제때에 벗어야 하기 때문이다.

이 시집을 통해서 보다 견고한 자기 점검의 기틀이 마련되기를 자숙하고 싶다.

1983년 9월 20일

고정희

이 시대의 아벨

차례

시인의 말

I. 서울 사랑

II. 이 시대의 아벨

해설

I. 서울 사랑

서울 사랑

─ 어둠을 위하여

빨래터에서도 씻기지 않은
고씨 족보의 어둠을 펴놓고
그 위에 내 긴 어둠도 쓰러뜨려
네 가슴의 죄 부추긴 다음에야
우리는 따스히 손을 잡는다
검은 너와 검은 내가 손잡은 다음에야
우리가 결속된 어둠 속에서
캄캄하게 쓰러지는 법을 배우며
흰 것을 흰 채로 버려두고 싶구나
너와 나 검은 대로 언덕에 서니
멀리서 빛나는 등불이 보이고
멀리서 잠든 마을들 아름다와라
우리 때 묻은 마음 나란히 포개니
머나먼 등불 어둠 주위로
내 오랜 갈망 나비 되어 날아가누나
네 슬픈 자유 불새 되어 날아가누나

오 친구여
오랫동안 어둠으로 무거운 친구여

내가 오늘 내 어둠 속으로

순순히 돌아와 보니

우리들 어둠은 사랑이 되는구나

우리들 어둠은 구원이 되는구나

공평하여라 어둠의 진리

이 어둠 속에서는

흰 것도 검은 것도 없어라

덕망이나 위선이나 증오는 더욱 없어라

이발을 깨끗이 할 필요도 없어라

연미복과 파티도 필요 없어라

이 어둠 속에서 우리가 할 일은

오직 두 손을 맞잡는 일

손을 맞잡고 뜨겁게 뜨겁게 부둥켜안는 일

부둥켜안고 체온을 느끼는 일

체온을 느끼며 하늘을 보는 일이거니

오 캄캄한 어둠 속에서

당당하게 빛나는 별이여

내 여윈 팔등에 내려앉는 빛이여

너로구나 모른 체할 수 없는
아버지 눈물 같은 너로구나
아버지 핏줄 같은 돈으로
도시에서 대학을 나오고
삼십 평생 시詩줄이나 끄적이다가
대도시의 강물에 몸 담그는 밤에야
조용히 조용히 내려앉는 빛이여
정작은 막강한 실패의 두 손으로
한 웅큼의 먹물에 받쳐든 흐―이―망
여전히 죽지 않는 너로구나

이제야 알겠네
먹물일수록 찬란한 빛의 임재, 그러니
빛이 된 사람들아
그대가 빛으로 남는 길은
그대보다 큰 어둠의 땅으로
내려오고 내려오고 내려오는 일
어둠의 사람들은 행복하여라

서울 사랑
—— 절망에 대하여

황혼 무렵이었지
네 외로움만큼이나 흰
망초꽃 한 아름을 꺾어 들고 와
하느님을 가진 내 희망이
이물질처럼 징그럽다고 네가 말했을 때
나는 쓸쓸히 쓸쓸히 웃었지
조용한 밤이면
물먹은 솜으로 나를 적시는
내 오장육부 속의 어둠을 보일 수는 없는 것이라서
한기 드는 사람처럼 나는 웃었지
영등포나 서대문이나 전라도
컴컴한 한반도 구석진 창틀마다
축축하게 젖어 펄럭이는 내
하느님의 눈물과 탄식을
세 치 혀로 그려낼 수는 없는 것이라서
그냥 담담하게 전등을 켰지
전등불 아래 마주 선 너와 나
삼십대의 불안과 외로움 너머로
유산 없는 한 시대가 저물고 있었지
그러나 친구여, 나는 오늘 밤

오만한 절망으로 똘똘 뭉쳐진
한 사내의 술잔 앞에서
하느님을 모르는 절망이라는 것이
얼마나 이쁜 우매함인가를
다시 쓸쓸하게 새김질하면서
하느님을 등에 업은 행복주의라는 것이
얼마나 맹랑한 도착 신앙인가도
토악질하듯 음미하면서, 오직
내 희망의 여린 부분과
네 절망의 질긴 부분이
톱니바퀴처럼 맞닿기를 바랐다
아프리카나 베이루트나 방글라데시
우울한 이 세계 후미진 나라마다
풍족한 고통으로 덮이시는 내
하느님의 언약과 부르심을
우리들 한평생으로 잴 수는 없는 것이라서, 다만
이 나라의 어둡고 서러운 뿌리와
저 나라의 깊고 광활한 소망이
한 몸의 혈관으로 통하기를 바랐다

서울 사랑
— 두엄을 위하여

명분 있는 우리들 회합에 가서
어르신네 동석한 술상 귀퉁이에 앉아
보기 드문 안주와 술을 대하였다
열 명 남짓한 그 점잖은 자리
끽해야 두세 시간 비비작댄 그 경제적인 자리
그러나 아우야
그 두세 시간 동안
수 갈래로 엇갈리는 길을 보면서
그 두세 시간 동안
이십 년 산 대어를 도마 위에 올려놓고
가차 없이 발기는 보수주의 칼을 보면서
아우야 나는 너를 그리워했다
아우야 나는 너를 무서워했다
아편 묻은 보수주의 바늘을 향하여
언제 내 팔뚝을 걷어 올릴지는 모르지만
그래도 아우야 무서운 건
순수하게 불타는 네 가슴
새로움을 개간하는 네 정신이었다
찬·반의 논리가 불편한 이 땅에서

철없이 뛰노는 우리들의 아이들이
네 죄업이라고 말하던
용기를 묵상했다

어디서 익히 듣던 말대로
양심시는 김 아무개의 전속물이 되었고
순수시는 서 아무개의 방패라 하드라만
실천시는 고 아무개의 칼집이라 하드라만
자유시는 박 아무개의 전리품이라 한들
뿌리는 뿌리대로 줄기는 줄기대로
벌거숭이 섬 하나 덮어주지 못한 채
산과 들에 잡초들 무성하니
아우야 우리는 외로운 세대구나
아우야 우리는 위험한 세대구나
아우야 우리는 밑구멍만 뻘건 디아스포라*,
그러니 이후라도
사랑·진리·자유 따위는
함부로 입 밖에 내뱉지 말거라
어디라고 함부로 확신하지 말거라

보기 드문 안주와 술을 나눠 먹고
점잖게 일어서는 우리들의 회합에서
나는 똑똑히 보았다
두세 시간 동안 발겨진 뼈다귀에는
쉬파리도 구데기도 들끓지 않더라
근엄하고 단단한 쓰레기
플라스틱 폴리에스테르 쓰레기뿐이었다
사람들은 그것을 숙명이라 하드라
사람들은 그것을 시대 체험이라 하드라
사람들은 그것을 역사라고 하드라
임진왜란 한일합방 육이오라 하드라

오 그러나 아우야
우리는 짐짓 깨닫게 되었지
우리가 함께 자란 고향의 두엄 더미
무성한 여름날 너른 마당 구석에
온갖 더러움 다 쓸어 붙인 두엄 더미 새롭구나
바랭이 토끼풀 똥 오줌과 함께
돼지막 혹은 마구간에서

고향 사람들
시시로 쳐내던 석은새 속에서는
일가족 밑거름이 무럭무럭 자랐지
살모사의 혀까지도 두엄 속에 넣으면
불로장수의 술이 되었지

한양 생활 십여 년
인스턴트 우정에 길들고 난 후
우리가 지킨 건 무엇이드냐
대도시의 변두리로 사지를 몰아붙인 후
우리에게 남은 건 무엇이드냐
우리들 자수성가 세대의 믿음은
철저한 연민에도
철저한 분노에도 이르지 못하고
네 두터운 어둠과 내 거짓말이
두엄이 되지 못하니
네 필사적인 신념과 내 중뿔난 철학이
두엄이 되지 못하니
아우야 우리는 좌절 없는 세대구나

아우야 우리는 전답 없는 세대구나

서울의 하늘 밑 어디서나
새벽 세 시면 푹푹 갈퀴에 찔려
매립지로 실려 가는 못 썩는 쓰레기
그 위에 사내들은 미래의 집을 짓고
제비뽑기로 나눠 갖지만, 아우야
우리가 숨구멍 틀어막아 버린 땅
자생 메탄가스는 지층 깊숙이에서
푸른 불줄기 후끈후끈 뽑아내어
우리가 잠든 벽 틈으로 잠복하고
저 한강은 콸콸 분노의 비늘을 세워
주야 경악스런 가래를 게워내는 동안
경제 ××지로 통하는 지하철이 뚫리고
원격 조정 바벨탑이 서울에 직수입되는 동안

오오 그러나 아우야
저주의 벌판에 피뢰침을 세운 아우야
너를 가진 역사는 피로 기록되겠구나

18

'정신'이 '사랑'임을 굳게 믿는 너는
아무도 믿지 않는 '도래'를 확신하면서
젊은 네 한 몸 기꺼이 던져
이름 없는 자유의 제방이 되었다지
누구도 치지 못할 둑으로 누웠다지
우국지사처럼 당당하게 죽거나
유명 인사처럼 문상도 받지 못한 채
다만 척박한 조국의 땅을 위하여
허수아비 쓸쓸한 호남평야에
한 바가지 두엄으로 휘이휘이 뿌려졌다지
목숨 걸면 무엇이나 아름답듯이
목숨 바친 네 사랑 앞에서
무슨 논리인들 살아남으랴

우리는 오늘 밤 강변에 앉아
떨리는 물 잔을 높이 치켜들고
천지신명께 깊이 읍소하였나니
동해 푸른 자웅에 붓을 적셔
크고 넓은 하늘에

이렇게 쓰고 싶었다

오 야훼님
노하지 말으소서
한 번만 더 간청하오니
여기 의인 열 사람만 두엄으로 뿌려지면
이 땅을 멸하지 않으시렵니까?**

---

　* διασπορά는 희랍어로서 이 용어는 팔레스타인 바깥 지역에 살면
서 그 이방인들 가운데에서 이스라엘의 종교적 전통을 고수하는
유대인들을 가리킨다. 그 형태는 그 시대에 정착하지 못한 유목민
들로 대치되었으며 이는 ①자기네 신앙의 끈질김과 유산의 내구
력을 입증하는 하나의 증거였고 ②또 디아스포라는 낯선 이국땅
에 복음을 전파하기 위해 하나님께서 예비하신 교두보로 해석되
었다.
**『창세기』18장 32절에서 인용.

서울 사랑
— 각설이를 위하여

여보게 친구
완전무결하게 쓰러지는 법을 나는 알지
등줄기에 뱃가죽이 차악 달라붙은 채로
노란 하늘을 빙글빙글 돌리며
지구촌 독방에 처억 쓰러졌지
60층 빌딩이 가물가물 흔들리는 저녁
나는 새우등으로 타악 쓰러지면서도
혀를 차며 급커브를 도는 택시 운전수와
엊그제 전임강사 자리를 얻은
자네의 초조한 안정을 보았지
이 해가 가기 전에 고대종교사를 쓰겠다며
조동일의 한국문학통사를 끼고
종로2가로 사라지는 젊은이를 보았지
치기만만한 서울의 기침 소리를 들으며
황혼을 이불 삼아 나는 잠들었지
한 대의 앰뷸런스가 달려오고
누군가 나에게 산소호흡을 시켰어
혈기왕성하던 떠돌이 시절
내설악 오세암 계곡쯤에서나 맛보았던

그 가슴 터질 듯한 산소의 위력에
내 폐부는 팽팽하게 기지개를 켰어
암 그래 각설이는 산소를 먹고 살지
암 그래 사람은 산소를 먹고 살지
오늘 밤도 다시 한번 쓰러지고 싶었어
그러나 불현듯 의문 나기 시작했어
완전무결하게 쓰러질 때마다
완전무결하게 나를 일으켜 세우는
내설악 계곡쯤의 그 산소
그 산소의 정체는 무엇인가?
무엇에 의해 일용할 산소는 내게 들어오는가?
이 의문 하나로 나는 오늘 밤
자네의 등덜미를 추격하기 시작했지
잠수부의 경력을 과시하는 자네는
그 산소의 정체를 아는가?
그 산소의 뿌리를 아는가?
사천만 각설이의 조롱박에 던져지는
도덕주의자의 연민 어린 적선인가?
친구들의 신념 어린 주장인가?

신새벽에 홰를 치는 첫닭 울음소리인가?

　　어절시구시구시구 들어간다

　　저절시구시구시구 들어온다

암 각설이는 산소를 먹고 살지

암 사람은 산소를 먹고 살지

산소를 먹고 사는 각설이는

등줄기에 뱃가죽이 차악 달라붙은 채로

노란 하늘을 빙글빙글 돌리며

황혼을 이불 삼아 쓰러지지

6백 층 빌딩이 가물가물 흔들리는 저녁

행복하게 달려오는 앰뷸런스와

꿈속에 어른대는 자네를 보지

그런데 친구

자네 껍질은 너무 두꺼워

자네 오버는 지나치게 무거워 보여

몸조심이 과하면 장수에 해롭다네

자네 살에 닿으려면 얼마나 더?

껍질을 벗어야지 맨살이 그립네

한 가지만 답하게

잠수부의 이력을 과시하는 자네는

그 산소의 근원을 아는가?

시대는 쓰러져도 산소는 남는다네

궁전은 낡아져도 산소는 끊임없이 새로 흐른다네

보이는 것들에 말뚝 박은 우리는

아무도 산소를 보지는 못하네

다만 우리가 끝났을 때에야

우리 삶이 밑 둥우리에서

새 아기를 울리는 힘을 볼 것이네

여보게 친구

산소로 남는 삶이 있기는 있다는데

시대는 끝나도 생명은 남는다는데

현실은 패배해도 진실은 살아남는다는데

죽지 않는 진실과 산소는 무엇?

이 시대의 산소로 남는 자는 누구?

죽어가는 각설이가 알아차린 진리

암 사람은 산소를 먹고 살지

서울 사랑
―죽음을 위하여

지하도에 진열된 일간신문 일면에
붉은 줄 죽죽 그어진 저녁
늘어지게 하품하는 서울의 등 뒤에서
브레즈네프의 부고를 사 들고
아우야 무기교로 한마디 내뱉고 싶구나
'사람은 죽는구나
반드시 죽는구나'
그렇다 아우야
어제는 러시아의 브레즈네프가 죽었다
자본주의 국가의 고급 승용차를 수집하고
여가를 해변의 별장에서 즐기며
불란서 향수를 묻힌 미녀 안마사와
아침 식탁을 즐긴다는 브레즈네프,
실크 와이셔츠와 최신 유행 양복을
뽑아 입는다는 브레즈네프는
오늘 밤 저승의 옥황상제와 만나서도
평소의 신념대로
닉슨에게 했던 말을 되풀이했을까?
'관계가 두터워야 정치가 쉽지요'

이 한마디로 옥황상제를 녹이고
연옥의 안방쯤 차지했을까
아니면 저승의 고급 술집에 앉아
천국으로 가기 위해 상소문을 적고 있을까
아니면 그의 부음 글자 호수가 너무 작다고
긴급 통화를 신청하고 있을까

어두운 지하도 입구를 나오면서
나는 생각했다 아우야
'사람은 죽는구나' 이 한마디가
최상의 은유가 되는 이 밤 아주
무기교적으로 사는 법을 생각했다
'참된 삶이란 무엇인가?'
우리 피 너무 따스하여
언 손 쬐는 모닥불로는 타지 못하는 걸까
우리 노래 너무 당당하여
멍든 가슴 깨우는 종으로는 울지 못하는 걸까
우리 가슴 너무 탄탄하여
애타게 적시는 강물로는 흐르지 못하는 걸까

아버지 등 구부려 엎드린 이 땅

눈 덮인 벌판의 고향을 향하여

고요히 귀를 열어봐

우리가 떠나온 고향땅에서

일평생 땅귀신으로 죽은 머슴이 있었다는데

우리가 등 돌린 죽음의 집에서

제 몸 사뤄 숯이 된 사람 있었다는데

우리가 몸을 사린 시궁창에서

제 뜻 바쳐 하늘 된 사람 있었다는데

오오 아우야

우리가 잠수한 한 시대의 강안江岸에

산사태 물 사태 사람사태로

해골 노적 유유한 달밤이 있었다는데

자갈밭으로 뻗어버린 조국의 가슴팍에

휙휙 두엄으로도 죽지 못하는 우린

브레즈네프가 죽은 오늘 밤

서울의 달콤한 지붕 밑에서

달콤한 상상에 벌컥벌컥 취한 채
이미 죽은 김가의 유언을 부추기고
한 줌 재가 된 이가와 박가를 묵상하고 나서도
정작 고향에 죽으러 가지 못하니
사람 많은 서울은 다복하여라

서울 사랑
―― 말에 대하여

어두워오는 저녁 일곱 시
우리는 수유리 기도원으로 갔다
팔십 년대 두 해를 보내는 심사가
너나없이 답답하고 속수무책이라는 듯
철야 기도회나 가자고 누군가 제의했을 때
아무도 '아니'라고 막아서지 못했으므로
여덟 시간 근무를 마친 동료들은
사일구탑 부근을 지나고 있었다

숲 속은 추웠고 적요했다
12월의 보름달이 푸르게 걸린 그곳에는
몇 명의 수도승이 불빛에 엎드려
이 시대의 패배를 독송하고 있었고
우리가 한 발짝씩 다가설 때마다
무한정의 어둠이 바스락거렸다
우리는 되도록 많은 전등을 켜고
어둠을 떨치려 애쓰면서
나란히 나란히 무릎 꿇었다
'먼저 나라와 국가를 위하여 그리고

사회와 위정자와 자유 민주 정의를 위하여
철야 기도회를 시작하겠습니다'(땡—땡)

친구여
우리는 입을 모아 야훼를 불렀다
나라 사랑 앞세워 야훼를 부르고
국가 사랑 앞세워 야훼를 부르고
정치 사랑 앞세워 야훼를 부르고
자유 사랑 앞세워 야훼를 부르고
홍익 인간 앞세워 야훼를 부르고
경천 애민 앞세워 야훼를 불렀다
인류 사랑 이웃 사랑 자기 사랑 앞세워
한밤 다 가도록 야훼를 불렀다
보청기를 낀 노인에게 말하듯
있는 목청 다 높여 야훼를 불렀다
있는 말 다 모아 야훼를 불렀다
한반도 5천 년 내 죄로 아뢰면서
국토 분단 경제 불황 빈부 격차 앞세워
우리는 모두 평화주의자가 되었어

우리는 모두 도덕주의자가 되었어
우리는 모두 완전주의자가 되었어
그러나 친구여
기도회가 끝난 수유리의 새벽 네 시,
우리의 얼굴엔
어제보다 더 짙은 피곤이 서리고
반짝이던 두 눈엔 고드름이 열린 채
어제와 다름없는 타인으로 악수했어
전구에 플러그를 끼웠다 빼듯
기도원은 다시 빈집으로 남았고
우리의 말들도 빈 그릇 소리가 났어
참으로 아무 일도 없었다는 듯
삼삼오오 숲길을 내려오면서
단지 밀린 잠에 대해 떠들어댔지
아아 그때 나는 깨닫게 되었지
우리가 한 무데기 로보트라는 것을,
왜?냐고 강하게 질문해다오
'말'과 '우리'는 분리되어 있었던 거야
버튼을 누르면 작동하는 말

버튼을 누르면 편리하게 작동하는 몸
말과 몸은 하나라고 믿어왔는데, 이제
몸은 말의 힘을 믿지 않았고
말은 몸의 집에 거하지 못했어
그것은 각각의 작동일 뿐이야
말이요 몸이신 하느님께서
우리를 버리신 이유를 알았지
그리하여 친구여
로보트와 분별이 안 가는 나는
로보트와 구별 없는 말을 건네며
새로운 행복에 길드는 중이니
이제는 내 말을 조심하게
이제는 내 시를 조심하게

서울 사랑
― 침묵에 대하여

다 평안하신지 잠잠한 오월
다 무고하신지 적막강산 오월
나 또한 단잠으로 살 오른 오월에는
왜 이리 고향이 마음에 걸리는지
왜 이리 해남이 목젖에 걸리는지
다북솔밭 어디서나 철쭉꽃 흐드기고
백운대 어디서나 산목련 어지러운 오월에는
서울이 왜 이리 거대한 침묵인지
서울이 왜 이리 조그만 술집인지
봄비에 젖어 눕는 수유리 숲에서는
나 또한 한 장의 한지로 젖어 누워
안익태의 코리안 판타지를 걸어놓고
그것을 고향의 함성이라 이름한다
그것을 고향의 부름이라 이름한다
그것을 고향의 눈물이라 불러본다
그것을 고향의 맥脈이라 불러본다
뿌리 있는 것들만 성난 오월에는
뿌리 있는 것들만 꽃 지는 오월에는
바람이 따다 버린 병든 이파리를 보며

그것을 우리의 말이라 이름한다
그것을 우리의 믿음이라 불러본다
그것을 우리의 사랑이라 불러본다
그것을 우리의 침묵이라 불러본다
바람이 몰고 가는 푸른 가랑잎을 보며
그것을 서울의 꽃이라 불러본다
그것을 서울의 자유라 불러본다
그것을 서울의 뿌리라 불러본다
그것을 서울의 환상이라 불러본다
다 잠드셨는지 어두운 오월
다 항복하신지 문 닫는 오월
병든 이파리처럼 말 없는 오월에는
푸른 가랑잎처럼 떠나가는 오월에는
왜 이리 고향이 갈 수 없는 땅인지
왜 이리 고향이 신화보다 슬픈지

서울 사랑
― 다시 핀 꽃에게

오호 소리꽃 네로구나
오호 침묵꽃 네로구나
오호 인내꽃 네로구나
오호 낙엽꽃 네로구나
오호 타작꽃 네로구나
오호 추도꽃 네로구나
오호 죽순꽃 네로구나
오호 갈대꽃 네로구나
오호 망초꽃 네로구나
(어랑어랑 어화 어랑어랑 어화)

에헤 꽃 핀다고 다 핀 것은 아니란다
에헤 잎 진다고 다 진 것은 아니란다
에헤 떠난다고 다 간 것은 아니란다
(어랑어랑 어화 어랑어랑 어화)

어허―날 저물어 세상은 잠들고
어허―날 저물어 이 봄도 잠드니
어허―해 저물어 청춘은 애늙은이

어허 — 길 저물어 인생은 오리무중
(어랑어랑 어화 어랑어랑 어화)

아니란다 아니란다 끝난 것 아니란다
새봄 찾아와도 끝난 것은 아니란다
새날 찾아와도 끝난 것은 아니란다
새 복 맞아들여도 끝난 것은 아니란다
새 물에 발 담가도 끝난 것은 아니란다
(어랑어랑 어화 어랑어랑 어화)

오라 돼지꽃 네로구나
오라 황소꽃 네로구나
오라 늑대꽃 네로구나
오라 이리꽃 네로구나
오라 여우꽃 네로구나
오라 안개꽃 네로구나
(어랑어랑 어화 어랑어랑 어화)

세계가 무너져도 지렁이꽃 피는 강산

두 동강이 나라여도 개구리꽃 피는 강산
뱀꽃 한 잎 입에 물고 하늘 한 번 쳐다보고
흑염소꽃 한 잎 물고 하늘 한 번 쳐다보고
(어이 넘차 어허 넘차 어허어이 넘차)

아니란다 아니란다 잊은 것은 아니란다
가는 세월 속에서도 잊은 것 아니란다
길 가로막혀도 올 것은 오고
수전벽해라 해도 남는 것은 남는단다
(어이 넘차 어허 넘차 어허어이 넘차)

오오 눈물꽃 네로구나
오오 하늘꽃 네로구나
오오 자유꽃 네로구나
오오 얼음꽃 네로구나
오오 적막강산 적막꽃 네로구나

II. 이 시대의 아벨

박흥숙전 朴興塾傳

산문 일지

어머니 나는 법관이 될래요
독학으로 무등산 거목이 될 거예요
가난이 무슨 부끄러움인가요
지금은 무등산 무허가 초막에 살지만
기러기 떼 날아가는 어느 날엔가
햇빛 쨍쨍한 마당 전나무 숲 아래
시름 많은 사람들 오고 가게 할래요
근심 많은 사람들 찾아오게 할래요
지금은 토담에 거미줄만 정답지만
서까래에 매어둔
어머니의 품삯이 부풀고 있잖아요
용마루에 꽂아둔
흥숙이의 청춘이 아주 푸르잖아요
세월인들 어디 좀먹나요
어머니 나는 법관이 되어
어두운 땅 한 평 가꾸다 갈래요
우리나라 하늘 한 평 비추다 갈래요

물꼬 같은 설움도 길이 되게 할래요
지금은 무등산에 수박을 심고
수박 덩굴처럼 엎드려 살아요
수박 덩굴처럼 단물을 만들어요

날이 저물군요 어머니
우리들 심장에 호롱불을 밝힐까요?
살아온 만큼만 기다리기로 해요
세월이 그냥 지나치기로서니
흙에 심은 뿌리 죽는 법 보았나요
우기에 젖지 않는 나무 보았나요
내일도 무등산은 웅달을 주리니
연장을 씻어두어야지요
삽 이리 주세요 어머니
곡괭이 이리 주세요 어머니
두 손에 박힌 굉이도 주세요
내일은 아마 까치가 올 거예요

비원 일기悲願日記

용서하세요 어머니
저승길 홍숙이를 용서하세요
후회 없는 홍숙이를 용서하세요
왜 저라고 살고 싶지 않겠어요
그러나 이게 어디 저 혼자 짓인가요
마을 아래 도시에서 왔다는 그들이
저를 오랏줄로 꽁꽁 묶어두고
어머니의 품삯에 불을 질러버렸어요
용마루에 꽂아둔
홍숙이의 청춘에 도끼질을 했어요
제 입에는 반창고가 붙었구요

어머니의 한평생을 재로 만들고
그들이 저더러 재가 되래요
그들이 저더러 돌이 되래요
그들이 저더러 칼이 되래요
어머니 저는 칼이 되고 말았어요

거꾸로 서는 피 이기지 못하고
그들의 가슴에 칼을 꽂고 말았어요
어머니의 한평생에 칼을 꽂고 말았어요

그러나 어머니 재가 되진 마세요
그러나 어머니 돌이 되진 마세요
제가 죽어 무등산 응달에 묻히면
무등산 굽이굽이 수박씨 심으시고
무등산 수박 농사 풍년 들게 하세요
무등산 드렁칡이 무등에 덮이듯
기름진 흙이 되어 돌아올게요
무등산 양달이 되어
어머니 손매듭에 치렁치렁 감길게요
가슴에 맺힌 얼음 녹여 드릴게요
제가 죽었다 생각지 마시고
척박한 땅을 위해
밑거름 되었거니 믿어주세요
의지가지 되었거니 잊어주세요
오오 무등이신 나의 어머니

죽음의 노래

햇볕 쨍쨍한 가을날
마을 아래 도시에서 돌아온 어머니는 우는구나
엉겅퀴 삭신으로 목 놓아 우는구나
저승 노자 그러안고 우는구나
천 마디 위로에도
단근질을 당하며 어머니는 우는구나
70년대 생략법의 상징이 되어
무등산 추풍과 한 몸으로 우는구나

눈물은 흘러 어디로 가나
영산강은 댐으로 가로막히고
유허가 봉창에 문풍지 떠는데
상여 소리 제 설움에 잦아드는데
붙박힌 에미는 어디로 가나
산천초목도 문 닫는 거리에
둑 끊어진 설움만 길이 없구나

아서라 아서라 아서라
간접적으로 울어주는 시인아
우리가 한 세상에 두 몸으로 태어났으니
두 몸에 매인 멍에 어이 자르리
그대 우는 힘 있거들랑
무등산에 수박씨 하나만 묻어주고 떠나게

똥물은 흘러 어디로 가나

이 시대의 아벨*

며칠째 석양이 현해탄 물구비에 불을 뿌리고 있었습
니다.
이제 막 닻을 내린 거룻배 위에는
저승의 뱃사공 칼롱의 은발이
석양빛에 두어 번 나―부―끼―더―니, 동서남북
금촉으로 부서지며 혼비백산
숲에 불을 질렀습니다.
으―아, 솔바람 불바람 홀연히 솟아올라
둘러친 세상은 넋 나간 아름다움
넋 나간 욕망으로 끓어오르고 있었습니다.
아세아를 건너지른 '오그덴 10호'**가
현해탄에 당도한 건 바로
이때입니다.

오그덴 10호는
몇 명의 수부들을 바다 속에 처넣고
벼락을 때리며 외쳤습니다.
오 아벨은 어디로 갔는가
너희 안락한 처마 밑에서

함께 살기 원하던 우리들의 아벨,

너희 따뜻한 난롯가에서

함께 몸을 비비던 아벨은 어디로 갔는가

너희 풍성한 산해진미 잔치 상에서

주린 배 움켜쥐던 우리들의 아벨

우물가에서 혹은 태평성대 동구 밖에서

지친 등 추스르며 한숨짓던 아벨

어둠의 골짜기로 골짜기로 거슬러 오르던

너희 아벨은 어디로 갔는가?

믿음의 아들 너 베드로야

땅의 아버지 너 요한아

밤새껏 은총으로 배부른 가버나움아

사시장철 음모뿐인 예루살렘아

음탕한 왕족들로 가득한 소돔과 고모라야

너희 식탁과 아벨을 바꿨느냐

너희 침상과 아벨을 바꿨느냐

너희 교회당과 아벨을 바꿨느냐

독야청청 담벼락과 아벨을 바꿨느냐?

회칠한 무덤들, 이 독사의 무리들아

너희 아벨은 어디에 있느냐

너희 고통을 짊어진 아벨
너희 족보를 짊어진 아벨
너희 탐욕과 음습한 과거를 등에 진 아벨
너희 자유의 멍에로 무거운 아벨
너희 사랑가로 재갈 물린 아벨
일흔일곱 날 떠돌던 아벨을 보았느냐?
아흔아홉 날 한뎃잠을 청하던 아벨을 보았느냐?

이제 침묵은 용서받지 못한다
돌들이 일어나 꽃씨를 뿌리고
바람들이 달려와 성벽을 허물리라
지진이 솟구쳐 빗장을 뽑으리라
바람 부는 이 세상 어디서나
아벨의 울음은 잠들지 못하리

오 불쌍한 아벨
외마디 소리마저 빼앗긴 아벨을 위하여

나는 너희 식탁을 엎으리라
나는 너희 아방궁을 엎으리라
나는 너희 별장을 엎으리라
나는 너희 교회당과 종탑을 엎으리라
소돔아 너를 엎으리라
고모라야 너를 엎으리라
가버나움아 너를 엎으리라
예루살렘아 너를 엎으리라
천사야 너도 엎으리라
깃발을 분지르고 상복을 입히리라
생나무 마른 나무 함께 불에 던지고
바다더러 산 위로 오르라 하리라
산더러 너희 위에 무너지라 하리라
바람 부는 이 세상 어디서나
이제 침묵은 용서받지 못한다
울지 않는 종은 입에 칼을 물리고
뛰지 않는 말은 등에 창을 받으리
날지 않는 새는 뒤축에 밟히리
뒷날에 참회는 적당치 못하다

너희가 쫓아버린 아벨

너희가 쫓아 묻어버린 아벨

너희가 쫓아 묻고 부인한 아벨

너희는 모른다 모른다 모른다 시치미 뗀

아벨의 울음소릴 들었느냐?

금동이의 술잔에 아벨의 피가 고이고

은소반의 안주에 아벨의 기름 흐르도다

촛농이 녹아 흐를 때 아벨이 울고

노랫가락 높을 때 아벨이 탄식하도다

오 불쌍한 아벨을 찾을 때까지

나는 이 세상 어디든 달려가

너희 잔치상과 보신탕을 엎으리라

너희 축복과 토룡탕을 엎으리라

너희 개소주와 단잠을 엎으리라

돌들이 일어나 옥답을 일구고

지진이 솟구쳐 평지풍파 일으키리라

바람더러 주인이라 주인이라 부르리라

너희의 어둠인 아벨

너희의 절망인 아벨

너희의 자유인 아벨

너희의 멍에인 아벨

너희의 표징인 아벨

낙원의 열쇠인 아벨

아벨 아벨 아벨 아벨 아벨⋯⋯

그때 한 사내가

불 탄 수염을 쥐어뜯으며

대지에 무릎을 꿇었습니다

그리고 이렇게 외쳤습니다

— 우리가 눈물 흘리는 동안만이라도

주는 우리를 용서하소서

다음 날 신문은

오그덴 10호가

현해탄의 대기권을 완전히 떠나갔다고

보도했습니다.

* 『창세기』 4장 2절 이하에 기록된 대로 인간의 조상 아담과 하와는 첫아들 카인과 둘째 아들 아벨을 낳았다. 아벨은 양을 치는 목자가 되었고 카인은 농부가 되었는데, 형 카인은 아벨에 대한 질투 때문에 아우를 들로 꾀어내어 쳐 죽였다. 이때 야훼께서 이렇게 꾸짖으셨다.

'네 아우의 피가 땅에서 나에게 울부짖고 있다.'

** 1981년 8월 초 한반도에도 상륙한 태풍 이름.

그해 가을

설흔두 살의 늦가을
징그러워라
설흔두 살 여자의 독기와 슬픔으로
설흔두 해 뿌리 내린 머리를 깎았다
나치 수용소의 유대 여자들처럼
나는 내 땅에서 삭발했었다
자수성가 세대의 아픔을 헤집고
즈믄 강물 휘도는 소리
간간이 들으면서
유대 여자처럼 거울을 보았다
파르스름한 벌거숭이산 위에
튼튼한 원목들 쿵쿵 쓰러지고
거센 마파람 맨발로 몰려와
열두 번도 더 추위를 덮었다
모자를 쓰고 거리로 나왔다
모자 속에서 너를 바라보았을 때
세상은 어김없는 빈집이었다
허천들린 외로움의 세상을
타는 목젖으로 벌컥벌컥 들이키며

유대 여자처럼 나는 걸었다
(하느님도 침묵하신 잘 익은 땅이여)
껄끄러운 입안에서 아직
단내가 풍기지만 그래도
푸른 신호등이 잘 보이는 두 눈에
철철 넘치는 총명한 눈물,

설흔두 해 뿌리 자르고 나서도
그리움 하나만은 끝내지 못했다
종말론적 벼랑에서 너를 바라보았을 때
우리는 이제 어둠의 꽃이었다
단발령의 격문이었다.

망월리 비명碑銘

— 황일봉에게

한 세대 긋고 지난 업보가 어디
망월리에 잠든 넋뿐이랴만
한 시대가 쌓아 올린 어둠의 낟가리에
불쏘시개 되어 하늘 툭 틔우고
황산벌 숯가마로 묻힌 저들이
오늘은 가는 달 붙잡고 묻는구나
내 죗값을 달에게 묻는구나
한 세대 긁고 지난 칼자국이
어디 내 죗값뿐이랴만
내가 달과 마주 서니 속물일 뿐이어서
국화 한 다발도 속될 뿐이어서
달로 떠오르는 네 외짝 눈과 만나니
부끄럽구나
한 평 땅 덮지 못할 내 빛
무력한 근심이나 보태는 오늘

망월리 풍경

애비는 돌아와
아내의 무덤에 비문을 새긴다
얼기설기 다정한 나무 십자가
그 아래 절은 한을 적셔
절제된 침묵을 무덤에 새긴다
'여보, 당신은 천사였소
천국에서 만납시다'
서툴지만 두 줄에 아내를 못 박고
징그러운 짐승으로 우는 애비여
입으로는 다 못 전할
무서운 불씨 죄다 대지에 묻으며
하늘로 하늘로 열린 애비여
상징으로 무릎 꿇는 애비여
머리 들어 사방을 둘러보아라
너의 아들들이 먼 데서 오고
너의 딸들도 품으로 돌아오리니
시온을 구하시러
강물처럼 그가 달려오리니
슬픔은 슬픔으로 구원받으리
오늘은 슬픔이라 이름 받는 애비여

독주獨奏

그리운 그 나라에서
그대 잔치가 벌어지던 날
일류 지면 혹은 4대 일간지가
대문짝만 하게 그대 잔치를 보도하던 날
나는 문간에서 쫓김을 당했다
낯선 문지기들이
열두 대문 문간에 버티고 서서
으름장 놓으며 신분증을 강요했었지
처음엔 그대 사신私信을 보였다
그러나 거기엔 그대 사인이 없었다
생각다 못한 나는 다급한 김에
유일한 그대 치흔을 보였다 덤으로
내 처녀성을 보였다 그러나 어쩌랴
화냥년 왔다며
쫓김을 당했다

나는 공복 중이었으므로
열두 번도 더 화간을 꿈꿨지
나는 공복에 공복이었으므로

58

그리운 그 나라에서
무턱대고 안겨주는 시간의 부스러기라도
먹고 싶어서
(그대 먼발치에라도 서 있고 싶어서)
고이 끼고 간 목관악기 하나
(케 세라 세라)
지하철 복도에서 무심히 우는데
길 가던 사람들이 박수를 쳤다
그 이후 나는 주자奏者가 되었다

그러나 아는가
열두 대문 안에서 통화 중인 그대여
열두 대문 안에 든 잔치는 멀고
나는 공복에 공복의 단식 개업 중이므로
단식을 즐기는 내 관객은
춥고 배고픈 식솔들의 밥상이라

III. 벌거숭이산을 위하여

청산별곡

해야 뜨지 마라 해야 뜨지 마라
동해 불끈 권 둥근 해야 뜨지 마라
니 떠올라 천지에 빛 환하면
죄 많은 우리 삶 어이해
한 많은 우리 땅 어이해
설움 많은 우리 지붕 어이해
부끄럽다 둥근 해야 서럽다 둥근 해야
이 땅에 이 어둠 한 오백 년 푹 익고 나면
니 없이 못 사는 법 알고 또 알리니
해야 그때사 돋아 오르거라
구천에나 갔던 듯 솟아오르거라

풀어주소서 나 두려움에 떨도다

겨울입니다
세찬 바람 울부짖는 겨울
폭설로 길 끊어진 겨울
역류하는 피 얼어붙는 겨울입니다
사시나무 떨듯 떠는 겨울
구석구석 막추위 날뛰는 겨울
실개천도 햇빛도 하수도의 더러움도 얼어붙는 겨울입
니다
문 닫는 겨울입니다
문 닫아 걸고 비닐봉지 씌우는 겨울
문틈 사이에도 창호지 틀어막아
틈이란 틈에 재갈 물리는 겨울
지붕 밑 두꺼운 철장 내리고
속살 깊이깊이 빗장 지르는 겨울입니다

겨울입니다

논두렁 밭두렁에서
어머니인 대지 동상에 몸져눕고
머리 둘 곳 없는 자 버림받는 겨울
버림받아 고드름에 몸 비비는 겨울
고드름에 몸 비비고 등신이 된 겨울
침묵하는 이 땅의 겨울입니다

겨울입니다 겨울입니다 겨울입니다
햇빛 많은 그 나라 그리운 겨울
동티 난 당신만이 간절한 겨울
힘껏힘껏 껴안고 살고 싶은
겨울입니다
'어머니, 당신은 듣고 있나요
새벽 기도 가시며 듣고 있나요'
눈 내리는 새벽길 동구 밖에서
내 것 없는 땅 저벅거리며
타박네 타박네들 목 타는 노래
동사凍死보다 구슬픈 겨울입니다
이 땅의 깊고 깊은 겨울입니다

벌거숭이산을 위하여

풀어진 나를 몰아 벼랑에 세우고
직진하는 추위를 만났지
집으로 쫓겨 와 삭발을 하고서, 친구여
벌거숭이산의 추위가 무엇인지 알았어
철길 위로 달려와 나를 흔드는 바람
직진하는 추위에 도취되던 날
나는 구름처럼 떠올라
빙벽의 궁전으로 열려 있었지
확고부동하게 열려 있었지
사막 위를 질주하는 파라오의 고독과
나의 이 순절한 슬픔이 부딪쳐
정신―만세라고 소리칠 수 있다면,
벽이란 벽의 비장한 바위틈에
강이란 강물 쏟아져
물바다 한세상 차랑차랑
너―나 빈 몸으로 흐를 수 있다면,
날으는 돌
춤추는 칼의 하늘이고 싶었지
아무도 모르는 벌거숭이산 하나

쩡 하고 울 때, 친구여
객혈보다 무서운 불똥으로 쏟아져
우릉우릉 폭발하는 화산火山이고 싶었지
그뿐이고 싶었지

회생回生

그들을 이름하여
정의의 느티나무 숲이라 하여라
——『이사야』 61장 3절

무너진 도시들을 새로 세우고
선대에 헐린 집을 신축하기 위해
폭풍우 속으로 출항한 오
야훼의 사제들 여기 잠들었나니
동산에 심은 씨가 움트듯
하느님의 봉사자들 여기 뿌리내렸나니

머리 좋은 해남 땅
지금은 재보다 잠잠한 벌판에
전라도 생과부들 베옷 입고 앉아
달 뜨기 기다려 숯불을 지피고
잘 즈믄 조상까지 불원천리 달려와
언 손으로 악수 건네니

고향아 울지 마라
허리에 두른 상복 서러워 말아라

오는 봄 무슨 수로 막으랴
패랭이 진달래 철쭉 무성하거든
그대들 넋이라 이름하리니

달 뜨는 황산벌 저 혼자 깊어져
천만리 이역까지 그 아픔 적시고
황소울음으로 눈 감은 무등아
역사가 잊었거니 생각지 말아라
농부가 자기 전답 버리는 법 보았나
천형의 땅인들 봄기운 휘돌아
허물어진 성터에 푸른 숲 드리우고
재뿐인 벌판에는 강물 콸콸 넘치리
상복을 두른 몸에 월계관 씌우리
구천에나 떠난 듯 환생할 목숨아

군무 群舞

벗이여
말갛게 개인 하늘
패랭이, 패랭이꽃 수천 송이
고개 댕겅 부러지며 흩어지는 오월
개나리 수백 그루
밑둥 싹둑 잘리워 길바닥에 짓밟히는 오월
백장미 지천으로 다발로 묶이고
프리지어 수천 송이 아름으로 묶이어
동·서·남·북으로 실려 가면서
죽은 목숨이에요 죽은 목숨이에요 윙크하는 오월

오월에 벗이여 너는 듣는가
쑥국새 눈물 같은 남도 판소리
아지랭이 가득한 한양 천리 길 타고
휘몰이 장단으로 넘어오누나
어랑어랑 어화 넘어오누나
단몰이 장단으로 한강 허리 쿡 찌르며
'어찌하여 하늘은 이리도 푸른고
어찌하여 산천은 이리도 적막한고

어찌하여 우리 사람 한번 가면 안 오는고'
유채밭에 샛노란 부황 뜬 얼굴들.

오 벗이여
꽃 지는 오월은 잔인하여라
달맞이꽃 지는 오월 잔인하여라
해맞이꽃 지는 오월 잔인하여라
개망초꽃 지는 오월 잔인하여라
온갖 꽃 꺾이다 꺾이다 지는
오월 황혼 무렵은 어지러워라

손

한 잔의 고독을 높이 치켜들고서
우리는 서로의 가슴에 웅어리진
제가끔의 설움을 풀어
'세계 평화'라고 소리쳐 부른다
한 잔의 외로움을 따라 건네며
정신精神에 밑도는 상처를 벗겨
우리는 '너를 안다'고 손잡는다
너를 이해한다고
너를 기다린다고
너를 몸살 나게 맴돌고 있노라고
근성 같은 테프를 풀어놓는다

그러나 우리가 미련 없이 손을 흔드는
밤 열한 시, 쾡한 종로 거리에
수도승의 배낭이듯 갈라 세우는
이 시대의 한 이름이여
바람 소리뿐인 자유自由의 사원寺院이여
용서해다오
하루만큼의 해결주의

한 달 치의 텔레비전 낙관주의 프로그램에
뛰는 피 잠재우며 '지금은 겨울이다' 귀띔하는
우리의 보수주의를 용서해다오
얼음장 같은 책 한 권
흙탕물로 되돌리는 우리의
손 용서해다오

현대사 연구 · 1

꽃은 누구에게나 아름답습니다
호박꽃보다야 장미가 아름답고요
감꽃보다야 백목련이 훨씬 더
아름답습니다
우아하게 어우러진 꽃밭 앞에서
누군들 살의를 떠올리겠습니까
그러므로 우리들의 적이 숨어 있다면
그곳은 아름다운 꽃밭 속일 것입니다

어여쁜 말들을 고르고 나서도 저는
같은 생각을 했습니다
모나고 미운 말
건방지게 개성이 강한 말
누구에게나 익숙지 못한 말
서릿발 서린 말들이란 죄다
자르고 자르고 자르다 보니
남은 건 다름 아닌
미끄럼타기 쉬운 말
찬양하기 좋은 말

포장하기 편한 말뿐이었습니다
썩기로 작정한 뜻뿐이었습니다
그러므로 말에도
몹쓸 괴질이 숨을 수 있다면
그것은 통과된 말들이 모인 글밭일 것입니다
(이것을 깨닫는 데 서른다섯 해가 걸렸다니 원)

한림별곡

천벌 같은 벌판에
오랑캐꽃 한 논배미 어지럽게 살아서
해 지는 황혼이면 나는 울어요
한림 가신 임 생각하며 울어요
수도꼭지 비틀듯, 나는 임 생각
비틀다 비틀다 실족하여 잠들지만
뼈다귀만 남은 내 오막에
슬픈 빗장 지르고 떠나간 그대
굽은 등 보이는 밤에는
나는 이를 갈며 울어요
수첩에 닳고 닳은 아라비아 숫자를
눈물 나는 저녁에 누구 돌려보셨나요?

천벌 같은 벌판에
오랑캐꽃 한 논배미 아프게 피어나
해 뜨는 아침에도 나는 울어요
한림 가신 임 생각하며 울어요

디아스포라
── 슬픔에게

흐리고 어두운 날
남산에 우뚝 선 해방촌 교회당은
날벼락을 맞아 검게 울고
무더위로 가라앉은 내 몸속에서는
그리운 신호처럼 전신주가 운다
끝 간 데 없는 곳으로부터
예감처럼 달려오는 그 소리는
한순간 고요히 물로 풀어지다가
불로 일어서다가
분노가 되다가
이내 다시
내 고향 해남의 상여 소리가 되어
저승으로 뻗은 전신주를 따라 나간다
우리의 침묵 깊은 곳에서
민들레 한 송이
서늘하게 흔들리는 오후,
민들레로 떠도는 사람들을 위하여 드디어
칼 쓴 예수가 갈지자로
걸어 들어오고 있다.

디아스포라
— 환상가에게

황제의 굳건한 안정을 믿으며
죽음의 집으로 돌아와
사방 넉 자짜리 자유의 벽지로
아방궁 같은 무덤을 도배했어
무덤은 언제나 밝고 아늑하네
황제가 내려주신 모닥불에 둘러앉아
야구 경기와 권투 시합을 보며
입이 아프도록 승리를 신봉하고
머리맡에 예비된 숙면의 술잔으로
보다 깊이 잠드는 최면을 거네
황제는 꿈속에서 빙그레 웃으시니
우리의 충정은 가히 눈물겹게
5호 활자 속에서 '예언'도 잠드시니
그제는 고향을 팔아버렸고
어제는 의령을 잊어버렸고
오늘은 공약을 삼켜버려야 하네
새 법이 오리라 믿어야 하네
새로 태어나는 아이들을 위해서는 또 하나의
튼튼하고 아름다운 무덤을 건축하며

밤을 낮이라 어둠을 빛이라 이름함으로써
'새 시대는 열렸다' 믿게 되었네

오 우리들의 두 귀는 운다네
암호로 떠도는 이 시대의 언어를
망각으로 망각으로 망각으로 흘려보내고
이 땅의 젊음은 잠시 전율하지만
그것을 잊는 데는 두 주일이 안 걸린다네
애오라지 밝고 아늑한 무덤의 평화
사방 넉 자짜리 미래를 의지하여
탐스런 꽃봉이들 영그는 중이니
황제는 꿈속에서 빙그레 웃으시고
우리들의 나날은 가히 고요하네

디아스포라
— 발에게

길은 어디에나 가기 위해 열려 있지만
발이여, 오늘 너에게 고백하거니
뿌리 없이 흔들리는 우리 앞길에
설흔여섯 개의 금족령을 박아놓고
두 다리 뻗는 심사 죄송하여라
이 산하 어드매나 철쭉은 피고
깊은 봄 어디서나 뿌리 있는 것들 오지랖을 벌리는데
휘이휘이 가는 시간의 영전에
철쭉보다 붉은 우리 정열 토해놓고
이 말뚝에 절 한 번
저 말뚝에 절 한 번
두 주인 두 마음 면목 없어라

그러나 발이여
앞으로 앞으로만 달리고픈 발이여
자유의 초원을 꿈꾸는 발이여
일편단심 땅만을 입 맞추는 발이여
'땅의 마음 평화여라
평화는 땅이어라' 노래하는 발이여

하늘 보지 않고도 하늘로 열린 네 뜻
주저앉은 내 가슴에 터질 듯 차오르니
이제야 단호하게 노래하고 싶구나
'발의 마음 자유여라
자유는 발이어라' 외치고 싶구나
그러니 발이여
어둡기를 자처하는 이 산하
두 주인 두 마음에 면목 없는 나로 하여
설흔여섯 개의 금족령을 뽑아 들고
내딛는 한 발이 어둠을 넘게 하라
내딛는 두 발이 평화로 가게 하라
오 나의 길이요 생명인 발이여

디아스포라
── 길에게

이 공습경보가 그치면
우리는 또다시 떠나야 한다
큰 정적 안에 도사린 서울을 뒤로하고
즈믄 밤 편안했던 철 대문을 열어젖히고
으악으악 오바이트를 하며
말뚝을 뽑아 들고
쓸쓸한 모래바람을 따라
개마고원을 건너가야 한다
누군들 사막에서 외롭지 않으리
누군들 행복을 탐내지 않으랴만
젊음이 길임을 굳게 믿는 우리는
두 벌 옷과 전대를 지녀서도 안 되리
한 벌 옷과 꿈으로 바람을 가리고
다만 그리운 등을 보이며
천지에 맑은 이슬 내리는 저녁
떠나서 떠나서 돌아오지 말자
땀과 그리움의 첩경을 넘어가자
떠남에 걸맞은 업보도 있으리
달과 별만이 가득한 저녁에

우리는 크게 울부짖을 것이며
하느님을 향하여 삿대질을 하다가,
그러나 기어코
맑고 고요한 강안에 닿으리니
친구여
떠나서 돌아오지 못하는 젊음은
그날과 그 땅을 가지리

사랑을 위한 향두가

하느님이 졸으시는 사이에
매혹된 영혼으로 손잡은 우리
떨며, 애타며, 조바심하며
간간이 멍에도 된 우리

사랑이 날개임을 믿는 우리는
그러나 어쩌랴
내가 네 멍에가 되고
네가 내 말뚝이 되는 게 두려워
네 날개 동서남북에 놓아주고
가서 꽃 피거라 하늘과 만나거라
한강물에 날려 보내고
어둡고 암울하게 돌아섰나니

붉은 눈물 게워내는 황혼 속으로
한강물에 떠서 날아간 사람아
흘러서 흘러서 아득한 사람아
사지에 콸콸 북받치는 사람아

너 흘러 세상의 꼭대기에 닿거든
구만리 폭포수로 희게 돌아오거라
깊고 어두운 계곡에
카바이트 불빛 한 점
내 넋으로 흔들리며 우나니
세상 끝날을 예감하며 빛나리니

IV. 상한 영혼을 위하여

상한 영혼을 위하여

상한 갈대라도 하늘 아래선
한 계절 넉넉히 흔들리거니
뿌리 깊으면야
밑둥 잘리어도 새순은 돋거니
충분히 흔들리자 상한 영혼이여
충분히 흔들리며 고통에게로 가자

뿌리 없이 흔들리는 부평초 잎이라도
물 고이면 꽃은 피거니
이 세상 어디서나 개울은 흐르고
이 세상 어디서나 등불은 켜지듯
가자 고통이여 살 맞대고 가자
외롭기로 작정하면 어딘들 못 가랴
가기로 목숨 걸면 지는 해가 문제랴

고통과 설움의 땅 훨훨 지나서
뿌리 깊은 벌판에 서자
두 팔로 막아도 바람은 불듯
영원한 눈물이란 없느니라

영원한 비탄이란 없느니라
캄캄한 밤이라도 하늘 아래선
마주 잡을 손 하나 오고 있거니

객지

어머님과 호박국이 그리운 날이면
버릇처럼 한 선배님을 찾아가곤 했었지.

기름기 없고 푸석한 내 몰골이
그 집의 유리창에 어른대곤 했는데,
예쁘지 못한 나는
이쁘게 단장된 그분의 방에 앉아
거실과 부엌과 이층과 대문 쪽으로
분주하게 오가는 그분의 옆얼굴을 훔쳐보거나
가끔 복도에 낭랑하게 울리는
그 가족들의 윤기 흐르는 웃음소리,
유독 굳건한 혈연으로 뭉쳐진 듯한
그 가족들의 아름다움에 밀려
초라하게 풀이 죽곤 했는데,

그분이 배려해준
영양분 가득한 밥상을 대하면서
속으로 가만가만 젖곤 했는데,
파출부도 돌아간 후에

그 집의 대문을 쾅, 닫고 언덕을 내려올 땐

이유 없이 쏟아지던 눈물.

혼자서 건너는 융융한 삼십대

봄 여름 갈 겨울

속물들 속물들 하며
구탕집에서 개가 죽었지
속물들 속물들 하며
육고간에서 소가 숨졌지
하루살이처럼
산부인과에서 태胎가 끊겼지
속물, 속물 하며 그해 봄이 떠나고
퍼렇게 성난 여름도 떠났지
불바람 앞세워 가을이 당도하고
무서운 칼바람 뒤따라왔지
구탕집에도 육고간에도
한동안 겹겹이 성에가 피었지
자신만만한 정釘 소리뿐이었지

봐라, 봄이다 봄이다 봄이다
뿌리 박은 것들 죄다 새순 내밀지만
끝내는 버리고 갈 봄 여름 가을 겨울

황혼 일기

뉘엿뉘엿 저무는 시간에, 나는 차분하지 못하여
그 집의 너른 유리창가에 앉으면
바람 부는 창밖은 딴 세상의 풍경처럼 아름다웠다
잔조롭게 흔들리는 산목련 줄기 사이로
휙 가로지르는 새도 새려니와
불그레 불그레 물드는
찔레꽃 이파리를 무심히 바라다보면
울컥하고 치미는 눈물 또한 어쩌지 못했다
후르르후르르 산목련 줄기에서 흔들리는 건
산목련 잎이 아니라 외줄기 내 영혼이었기
기댈 곳 그리운 우리 정신이었기
오래오래 나는 울었다

어둠이 완전히 창을 지워버렸을 땐
넋장이 무너지듯 내 아픔도 깊어져
하염없는 슬픔으로 어깨 기침을 했다
누군들 왜 모르랴
어두워지는 건 밤이 아니라
속수무책의 한 생애

무방비 상태의 우리 희망이거니
그 집의 주인은 조용히 다가와
너른 창에 커튼을 내리고
내 좁은 어깨를 따뜻이 감쌌다
(새도 날기 위해 날개를 접는 거란다. 빛과 어둠이 하
나이듯 말야!)
문득, 신경통에 좋다는 골담초 꽃멍울이
건들건들 흔들리는 고향집이 그리웠다

산지기를 노래함

'입산 금지' 팻말 뒤에서
시원하게 열린 그대 바라보는 날
내 가슴은 마구 뛰었다
푸르게 우거진 그대 숲 속으로
무량한 바람 흔적 없이 빨려들고
파란 하늘이 둥그렇게 떠오를 때
산은 한없이 으쓱해 보였다

산에서 출렁이는 햇빛과 바람
산에서 부서지는 물소리와 바람소리
산에서 피어나는 밤안개 너머로
서서히 짙어지는 불빛, 그래
그대는 불빛이었다
내가 불빛을 따라가려 했을 때
누군가 내 뒷덜미를 잡았다

'조심해. 입산 금지라구'
그래 — 그래 — 그래
푸른 산 푸른 숲에 가리운 그대여

그대는 거대한 산에 있으므로
흔들릴 뿌리 같은 건 없어야 하지

그대 뒤로하고 산을 내려올 때
툭 불거진 돌부리에도
내 생애 전부가 훅훅 뒤틀렸다
캄캄한 밤이었다

로스트로포비치의 첼로

나직이 그러나 힘차게
소우주의 붕괴가 시작되고
그 붕괴의 갈기를 날리며
우람하게 우람하게 첼로는 울었다
미증유의 혼돈이 결을 내며 쓰러졌다
아 억겁의 자웅도 열 시에 열렸다

백 미터 전방으로 물러앉은 산맥들이
다섯 개의 선처럼 떠올라 울고
불 번쩍하는 정신의 섬광
슬픔의 급소마다 찬란하게 꽂혔지
해방이다 해방이다 해―방―이―다
무서운 피돌기가 시작되면서
점차 붕괴는 붕괴가 아니었어
점차 음악은 음악이 아니었어
드디어 첼로는 첼로가 아니었어

그것은 하느님의 바른손이 되어
우주의 덜미를 흔들고 흔들고 흔들고

그것은 하느님의 왼손이 되어
숯이 된 가슴팍에 횃불을 박았어
오 정신에 의한 정신을 위한 정신의 르네상스,
그때 나는 결연히 마주쳤지
어지러운 정신의 광휘를 보았지

그 이후 나는 믿게 되었어
한 사람의 정신이 첼로가 되는 날
한 사람의 슬픔이 첫눈 같은 시가 되는 날
우주는 새로이 탄생된다는 것을
나는 간절히 꿈꾸게 되었네

김춘수 金春洙

참 이상한 일입니다
얼마 전 꿈속에서 김춘수를 만났습니다
김춘수는 검은 테 안경을 끼고
목을 가만가만 흔들면서
중국 산동성山東省*으로 가고 있었습니다
그와 손 흔들고 집으로 돌아와 보니
김춘수가 두고 간
대구시 방촌동**의 망가진 과수원 하나
내 방에 뎅그마니 비 맞고 있었습니다
비 내리는 과수원엔 시인의 이름으로
엉겅퀴 마른 목이 곡하다 쓰러지다 곡하다 쓰러지다
하는 것이었습니다
팔공산의 여름도 내려와 썩고
이 땅의 시론詩論 같은 비닐하우스도 더럽게 젖고 있
었습니다
이윽고 먹구름이 몰려오자
동서남북은 같다고 누군가 외쳤지만
아무도
동편을 동편이라 짚지 못함이

비바람 때문만은 아니었습니다

봄밤의 꿈이려니 하고 싶으나

그것은 엄연한 가을밤의 꿈이었습니다

  * 맹·공자의 고향. 유교의 발상지. 한국은 이곳에 1941~1957년
    까지 기독교를 전파했다.
 ** 필자가 1978년에 살았던 하숙집 지명. 사과밭이 많이 있다.

히브리전서傳書

　한 사나이가 언덕을 오르고 있었습니다. 한 사나이가
언덕을 오르고 한 사나이의 이마에 두 줄기 핏방울이 흐
르고 있었습니다.
　한 사나이가 골고다 언덕을 오르고
　오르고 오르고 오르다 쓰러지고
　맨살의 등줄기에 매섭고 긴 채찍이
　수없이 내리치고 있었습니다.
　사나이는 쓰러지고
　불볕 같은 햇빛 아래 사내는 지쳐 쓰러지고
　갈릴리 해변은 한없이 적막한 바람에 뒤덮이고 아,

　한 사내가 골고다 언덕에 다시 쓰러지고 있었습니다.
목말라 비틀거리는 사내는 자기 키보다 더 큰 나무 십자
가를 메고 골고다로 골고다로 올라가고 있었습니다. 마
리아, 그녀의 한에 절은 눈물과 가슴을 외면한 채 주검보
다 무거운 고독에 짓눌린 마리아 그녀의 폭탄 같은 오열
을 외면한 채 사나이는 먼 곳으로 가고 있었습니다.

　예수그리스도 그 사내는

대학을 다닌 적도 없습니다.
부귀를 누린 자도 아닙니다.
권력을 가진 적도 없습니다.
그럴싸한 명사를 만난 적도 없습니다.
가난한 거리와 버림받은 이웃과
냄새 나는 유대의 거리 그 천한 백성들의
눈물과 한숨이 있었을 뿐입니다.
율법에 두 발 묶인 죄의 사슬로부터
무섭도록 외로운 삶의 멍에로부터
도망치고 싶을 뿐인 불쌍한 무리들,
동정받을 일밖에 없는 히브리의
단 하나 친구인 그리스도는
가진 것 없는 당신 주제에도 불구하고
끝없이 줘야만 했습니다.
처음엔 기적을, 그다음엔 정신을
그다음엔 영혼을, 그다음엔 그의 전 생애와 주검까지도
죄 많은 유대에게 넘겨줘야 했습니다.
그리고 마지막엔 부활까지라도 그
찢어지게 가난한 히브리에게

무더기로 넘겨준 사내, 멋진 사내 예수.
그는 공부를 많이 한 적도 없습니다.
세도의 가문은 더욱 아니고
오직 별 볼일 없는 갈릴리 어촌의 목수였습니다.

마지막까지 세상 죄 다 짊어지고
피 한 방울 남김없이 다 쏟아버린
그 사내가 성금요일 오후 세 시
마지막 숨을 거둘 때
성당의 휘장이 갈라지고,
그를 본 영혼들은 한꺼번에 쩍,
금이 가고 있었습니다.

서정민 소전徐正敏小傳

　얼굴이 잘생긴 내 동료 서정민 씨는 두 살 때 하체 소
아마비를 앓았다. 세 살 때는 이미 앉아서 세상을 바라보
는 법을 배웠고 그가 다섯 살이 되었을 때는 비로소 걷는
것의 부러움을 알게 되었다. 햇볕 쨍쨍한 봄날 긴 골목에
서 줄넘기 술래잡기 공차기로 신들린 동네 아이들을 먼
발치에서 구경만 하면서 그만 왜 앉아 있는지를 몰랐다.
경상도의 고래등 같은 기와지붕 밑에서 조석으로 이어지
는 어머니의 질긴 한숨 소리가 천벌이라고는 생각하지
않았다.
　란도셀을 짊어진 동네 아이들이 키득거리며 학교로 달
려갈 때 그의 푸른 하늘도 경련하기 시작했다. 가고 싶다
뛰고 싶다 달리고 싶다, 그는 유리창에 물컵을 내던지고
면도날 몇 개를 푸른 눈에 꽂았다. 전주 예수병원과 세브
란스병원의 물리치료실, 용하다는 병원은 죄다 전전하면
서 사지에 몸 다리기 밧줄을 매고서 '하나님 개새끼' 욕
설을 퍼부으면서 국민학교 시절을 걷기 위해 탕진했다.
한 주일에 한 번씩 오리 생피 들이켜고 소금 한입 틀어막
고 피보다 진한 울음을 울었다. 집문서 땅문서 다 날리고
13년 되던 날 목발을 짚었다.

그는 목발로 대학엘 들어갔다.

13년 동안 마신 오리 생피 냄새가 등나무꽃으로 피어
나는 꿈을 꾸면서 버스를 타고 도서관엘 출입하고 사랑
을 배우면서 그는 '신념'이 무엇인지 알 것 같았다. 실로
불편한 것은 그의 목발이 아니라 멀쩡한 사람들의 '굽어
진' 마음인 것도 알았다.

그래 그래 그래

내 동료 서정민 씨가 13년 동안 앉은뱅이 다리를 펼 때
멀쩡한 사람들은 무엇을 폈나? 내 동료 서정민 씨가 대
서양을 날기 위해 밤잠을 설칠 동안 멀쩡한 사람들은 무
엇과 싸웠나? 왜 앉은뱅이 마음 하나 못 고치나.

실로 불편한 것은 그의 목발이 아니라 우리들의 굽어
진 마음이라는 것을 아는 서정민 씨는 오늘도 이상주의
목발을 짚고 이쁜 보람이*가 기다리는 집으로 돌아오면
서 태평양을 건너리란 꿈으로 출렁인다. 두 손에 박힌 굉
이 힘을 더 주면서.

* 서정민 씨의 첫딸 이름.

가을 편지

예기치 않은 날
자정의 푸른 숲에서
나는 당신의 영혼을 만났습니다.
창가에 늘 푸른 미류나무 두 그루
가을 맞을 채비로 경련하는 아침에도
슬픈 예감처럼 당신의 혼은 나를 따라와
푸른색 하늘에 아득히 걸렸습니다.
나는 그것이 목마르게 느껴졌습니다.
탁 터뜨리면 금세 불꽃이 포효할 두 마음 조심스레 돌
아 세우고
끝내는 사랑하지 못할 우리들의 우둔한 길을 걸으며,
'형이상학'이라는 고상한 짐이 무거워
시인인 나에게서 도망치고 싶었습니다.
당신을 내 핏줄에 실어버릴 수만 있다면,
당신의 그 참담한 정돈을 흔들어버릴 수만 있다면,
그리고 우리가 다시 한번
이 세계 안의 뿌리를 일으켜 세울 수만 있다면,
하늘로 걸리는 당신의 덜미를 끌어내려
구만리 폭포로 부서져 흐르고 싶었습니다.

V. 사랑법

사랑법 첫째

그대 향한 내 기대 높으면 높을수록 그 기대보다 더 큰 돌덩이 매달아놓습니다.

부질없는 내 기대 높이가 그대보다 높아서는 아니 되겠기에 내 기대 높이가 자라는 쪽으로 커다란 돌덩이 매달아놓습니다.

그대를 기대와 바꾸지 않기 위해서 기대 따라 행여 그대 잃지 않기 위해서 내 외롬 짓무른 밤일수록 제 설움 넘치는 밤일수록 크고 무거운 돌덩이가 하나 가슴 한복판에 매달아놓습니다.

사랑법 세째

제가 제 살 찌르지 못하는 법 이리 와요
제가 제 절망 찌르지 못하는 법 이리 와요
제가 제 아픔 자르지 못하는 법 이리 와요
제가 제 죽음 죽이지 못하는 법 이리 와요
제가 제 사랑 이기지 못하는 법 이리 와요
이리 와요 곪은 살일수록 깊이 들어가는 가시
탱자나무 가시를 받아요

확실한 것을 우린 죽여야 해
분명한 것을 우린 죽여야 해
소리 나지 않는 것을 우린 죽여야 해

이리 와요 썩은 살을 골라요
아프지 않는 맘을 골라요
멍들어 있는 골반을 골라요
아프지 않는 살일수록 깊이 박히는 가시
자, 가시를 받아요

사랑법 네째

시를 쓰듯 설렁대는 말들을 일격에 눕히고 성나는 말
과 말 사이를 잘라냅니다.

시를 쓰듯 보다 많은 생략법과 저녁 어스름 같은 침묵
의 공간 안에 한 생애의 여유를 풀어버리고 두 귀를 쭈볏
히 세워 동서남북으로 뻗은 가지를 자릅니다. 동서남북
으로 뻗은 화냥기를 자르고 자르며 돋아나는 아픔까지
잘라냅니다.

자존심 부드러운 열 손가락으로 시를 완성하듯 마침표
를 지워버립니다. 두 배의 객토를 뿌리 위에 얹습니다.

사랑법 다섯째

저절로 떨리는 세계를 가질 것
그대 정신의 미세한 파장
파장의 목덜미를 크게 잡아버릴 것
과녁으로 걸리는 그대 영혼 한 뼘을 향해
팽팽하게 시위를 잡아당길 것
매 순간 쓰러지는 소리를 들을 것
쓰러지는 소리 가슴에 쾅쾅 못박아버릴 것

비로소 화인火印 한 장
넋받이로 비축할 것

사랑법 여섯째

주룩비 내리고 바람 우는 이 밤에
그대 비끄러맬 비방 하나
끈 풀고 싶은 이 밤
이별 싹둑 잘라버리는 비방 하나
그대 가슴에 풀어버릴 거야
행여 그대 안 오시면
고이 간직한 비방 뉘 가슴에 풀꼬?
주룩비 내리고 바람 우는 어느 밤에
그대 숲에서
불새 한 마리 내게 날아왔거니
그대야 불새, 불새, 불새
내 품에 푸득이는 이 밤에
불새 품어 날아가버리자

사랑법 일곱째

미리 늙은 살 이쪽저쪽 도려내고
톱니처럼 두 마음 꽉 들어맞을 때
두 마음 매인 말 엉덩이
혼신의 채찍으로 후려치거라
이십사 시간 신경을 죄어
한쪽으로 한쪽으로 달리게 하라
먼지 자욱하고 돌멩이 날으나
뒤돌아보아서는 아니 되느니
마차가 빠를수록
먼 곳을 보거라

고정희의 의지와 사랑

김주연
(문학평론가)

I

상한 갈대라도 하늘 아래선
한 계절 넉넉히 흔들리거니
뿌리 깊으면야
밑둥 잘리어도 새순은 돋거니
충분히 흔들리자 상한 영혼이여
충분히 흔들리며 고통에게로 가자

——「상한 영혼을 위하여」부분

「상한 영혼을 위하여」라는 제목을 가진 감동적인 고
정희의 시다. "상한 갈대도 꺾지 아니하시고 꺼져가는

등불도 끄지 아니하신다"는 성경 말씀을 연상케 하는
이 시는, 어떤 상황 속에서도 쉽게 절망하지 않는 강한
의지와 함께 생명에 대한 시인의 한없는 사랑을 보여준
다. 이 강한 의지와 생명에 대한 사랑이야말로 고정희
의 시를 지탱하고 있는 두 개의 축이다. 그는 몹쓸 인간
과 악덕의 현실에 분노하고, 삶의 허무함에 좌절하고,
때론 인간으로서의 어쩔 수 없는 고독에 쓸쓸해한다.
그것은 인간을 황폐하게 하는 문명의 근본적 죄악으로
부터 오기도 하며 정치적·사회적 상황이 원인이 되기
도 한다. 그러나 어떤 경우에 있어서든지 그는 결코 쉽
게 절망하지 않는다. 그 의지는 "상한 갈대라도 하늘 아
래선/한 계절 넉넉히 흔들"린다는 의식이 그의 생각 깊
숙이 단단히 자리 잡고 있기 때문이다. 상한 갈대가 한
계절 흔들릴 수 있는 것은 사실이지만, 이 시에서 중요
한 것은 "하늘 아래"에서라는 생각이다. 하늘 아래 아니
라면, 어디서 상한 갈대가 한시인들 버틸 수 있으랴. 결
국 아무리 버림받고 핍박받은, 혹은 소외되고, 상처 입
은 영혼이라도 하늘을 제대로 바라볼 수 있는 올바른
정신만 갖고 있다면, 결코 절망하지 않는다는 것이다.
그러나 과연 억압받고 상처받은 영혼이 하늘을 제대로
볼 수 있을 것인가. 이 같은 의문은, 사회적·정치적 상
황에 의해 많은 어려움을 받는 민중들의 고통을 노래한
적잖은 70년대의 시들을 생각할 때, 자연스럽게 제기된

다. 그들 시들의 대부분은, 민중들이 부당하게 고통을 받고 있다는 것을 고발했으며, 이 같은 상황의 개선을 위해서는 그러한 상황을 유발하고 있는 세력이나 힘에 대한 싸움의 자세가 중요하다는 것이 강조되기도 했다. 그러한 대결 의식에서 중요한 것은, '상한 갈대'의 경우 '상하지 않은 갈대'가 되겠다는 물질적·물리적인 회복 심리이다. 말을 바꾸면, 정치적·사회적·경제적 조건에서 부당한 차별의 차원을 벗어나 평등한 차원에 서겠다는 태도다. 이 같은 태도를 우리는 보통 사회과학적 발상이라고 부른다. 그러나 고정희는 그 같은 **차원의 이동** 대신 "충분히 흔들리자 상한 영혼이여/충분히 흔들리며 고통에게로 가자"고 말한다. 이것은 현실의 고통을, 그것과 똑같은 차원에 늘어선 현실적 통로를 통해 극복하겠다는 태도와는 사뭇 다르다. 고통의 참된 승화는, 결코 그 같은 방법에 의해 이루어지지 않는다는 것을 그가 알고 있기 때문이다. "상한 갈대"는 오직 "하늘 아래"에서 흔들릴 수 있는 것이다. 말하자면 비록 하찮은 개인, 심지어는 온갖 현실적 조건에 의해 절망적인 상황에 놓여 있는 존재라 하더라도, 참다운 구원은 하늘로부터 온다는 것이다. 그것을 믿기에 시인은 "충분히 흔들리며 고통에게로 가자"고 말할 수 있다. 이 같은 인식이 기독교적 세계 인식이라는 것은 두말할 나위 없는 일이다. 그리하여 시인은 이 시의 뒷부분에서 다음과 같이 말한다.

> 고통과 설움의 땅 훨훨 지나서
> 뿌리 깊은 벌판에 서자
> 두 팔로 막아도 바람은 불듯
> 영원한 눈물이란 없느니라
> 영원한 비탄이란 없느니라
>
> 캄캄한 밤이라도 하늘 아래선
> 마주 잡을 손 하나 오고 있거니
> ──「상한 영혼을 위하여」 부분

여기서 볼 수 있듯이, 인간의 현실적인 절망의 극복은 그 노력에 한계를 갖는다. 아무리 "두 팔로 막아도 바람은" 분다. 그러면서도 영원한 눈물, 영원한 비탄이 없다고 말하는 것은 초월자에 대한 굳은 믿음이 있기 때문이다. 캄캄한 밤이라도 "하늘 아래선/마주 잡을 손"이 있는 것이다. 그 하늘은 하나님이다.

그렇다면 그리스도 정신이 승화된 시란 어떤 것인가. 한마디로 그것은 사랑의 시라고 할 수 있다. 하나님을 향한 믿음과 인간들 상호간의 사랑이 십자가의 큰 뜻이라면, 이 땅 위에 살고 있는 인간들이 할 수 있고, 또 마땅히 해야 할 일은 사랑의 정신을 실천하는 일이다. 그러나 여기에는 분명히 짚고 넘어가야 할 전제가 있다. 그것은 사랑을 실천하는 주체가 되는 인간이 자신의 죄를 깨닫고 회개하는 일이다. 만일 이 세상의 부조리와 범죄가 모두 다른 사람들의 탓이고 자신은 이와 무관하다는 투의 생각이 있다면, 그에겐 사랑을 실천할 주체자로서의 자격이 애당초 있을 수 없다. 왜 남을 사랑해야 하는가. 우리 인간들 모두의 죄를 대신하여 구속하고 희생된 예수그리스도를 믿는다면, 그는 자신의 죄를 인정치 않을 수 없고 다른 사람들과 사랑으로 연합된 삶을 살지 않을 수 없다. 만일 이 같은 의식을 동반하지 않는 사랑이라면 그것은 마치 자신이 남에게 시혜施惠를 베푸는 것과 같은 교만의 행위 이외에 아무것도 아닐 것이다. 고정희의 사랑에는 그 같은 죄의식이 원천적으로 동행하고 있다.

> 한 세대 긋고 지난 업보가 어디
> 망월리에 잠든 넋뿐이랴만
> 한 시대가 쌓아올린 어둠의 낟가리에
> 불쏘시개 되어 하늘 툭 틔우고
> 황산벌 숯가마로 묻힌 저들이
> 오늘은 가는 달 붙잡고 묻는구나
> 한 세대 긁고 지난 칼자국이
> 어디 내 죄 값뿐이랴만

내가 달과 마주서니 속물일 뿐이어서

국화 한 다발도 속될 뿐이어서

달로 떠오르는 네 외짝눈과 만나니

부끄럽구나

한 평 땅 덮지 못할 내 빛

무력한 근심이나 보태는 오늘

—「망월리 비명— 황일봉에게」 전문

「망월리 비명— 황일봉에게」라는 작품인데, "무력한
근심이나 보태는 오늘"이라는 표현에서 엿보이는 회색
빛 좌절이 있으나, 근본적으로 시인이 부끄러운 죄의
식 속에 있음이 주목된다. 그것은 이 세상의 온갖 악행
으로부터 달아나 그것을 규탄만 하고자 하는 고발자의
자세에서는 생겨나지 않는다. 죄의식에 바탕을 둔 시적
자아는 세상의 악을 연민으로 바라보고 사랑의 중요성
을 절감하게 된다. 고정희의 시에 아쉬운 점이 있다면,
이 같은 죄의식이 적극적인 사랑으로까지 뻗지 못하고
이따금씩 좌절에 머물고 있다는 점이다. 이 좌절과 사
랑 사이에 바로 지금의 고정희는 서 있는 것 같다. 그가
투철한 기독교 정신에 바탕을 두고 있음에도 불구하고,
이에 머물고 있음은 아마도 그 좌절을 가져다준 현실의
충격이 그만큼 깊었던 것인지도 모른다. 정말로 이 시
인에게 있어서 그 충격은 커 보인다.

122

고정희가 현실로부터 받은 충격의 아픔은, 아벨의 죽음으로 표상되는 양심·정의의 상실이라는 문제와 함께 우리 역사 속에서 짓눌림을 받아온 민중의 슬픔이라는 두 개의 환부를 갖는다. 물론 이 두 가지는 따져보면 한줄기로 합쳐질 수 있는 문제지만, 하나가 보다 현실에 가까운 관심으로부터 촉발되고 있다면, 다른 하나는 보다 근본적인 역사적 관심과 관계된다. 고정희 시의 발상이 원천적으로 기독교에서 발원하고 있음에도 불구하고 그의 시에 전통적인 한恨의 그림자가 많은 것은 이 까닭이다. 따라서 그는 한국의 전통적인 예술 양태와 기독교 정신이라는 서로 달라 보이는 축을 갖고 현실로부터 오는 충격을 극복하고자 한다. 그가 시도하고 있는 장시들은 전자의 좋은 예인데, 따지고 보면 이 두 가지의 노력은 등과 배처럼 붙어 있는 관계이다(기독교의 한국적 토착화에 대해서는 윤성범尹聖範·유동식柳東植 등의 토착화주의와 조종남趙鍾男 등의 복음 전파주의가 대립되어 있는데 이 두 가지 태도는 대립 아닌 보완의 입장에서 서로서로를 필요로 해야 한다). 이 시인이 이처럼 이 둘을 하나의 퍼스펙티브에서 보고자 한 것은, 그의 시의 모티브를 이루고 있는 현실 상황이, 다만 오늘의 특수한 문제가 아니라, 우리 역사의 누적된 슬픔, 다시 말해 민중들의 한과 연결되고 있다는 인식 때문에 생겨난 것이다. 말하자면 아벨로 동일화된 이 땅 민중들의 비극을 그리스도의 정신으로 감싸 안고자 하는 것이다. 그것은 매우 야심적이나, 바람직스러운 접근이다. 이때 중요한 것은 그리스도의 정신을 그가 어떻게 이해하고 실천하느냐 하는 문제일 것이다.

II

인간은 원래 하나님을 좋아하지 않았다. 하나님이 이 세상을 창조하고 아담과 하와에게 이 세상을 잘 살아갈 것을 명하였으나 그들은 그렇게 하지 않았다. 그들은 하나님이 따 먹지 말라고 한 에덴동산의 선악과 열매를 따 먹어버렸다. 그 열매를 먹으면 정녕 죽으리라는 하나님 말씀을 그들은 순종치 않았다. 왜 그들은 하나님의 말씀을 듣지 않았을까. 더 말할 나위 없이 선악과 열매가 먹음직스러웠기 때문이다. 인간은 이리하여 하나님 말씀에 대한 순종보다 인간 자신의 욕망의 길을 택했고, 그 이후 결국 인간은 죽을 수밖에 없었다. 이것이 원죄다. 우리 인간은 그들의 후예이며, 따라서 출생과 함께 원죄의 멍에를 짊어지고 나온다. 과연 아담과 하와의 자식, 카인과 아벨은 형제 살육이라는 무서운 범죄를 원죄에 덧붙인다. 아우 아벨에 대한 질투 때문에 그를 쳐 죽인 형 카인! 시인은 「이 시대의 아벨」이라

는 시의 각주를 통해 "이때 야훼께서 이렇게 꾸짖으셨
다. **네 아우의 피가 땅에서 나에게 울부짖고 있다**"고 말
한다.

> 오 아벨은 어디로 갔는가
> 너희 안락한 처마 밑에서
> 함께 살기 원하던 우리들의 아벨,
> 너희 따뜻한 난롯가에서
> 함께 몸을 비비던 아벨은 어디로 갔는가
> 너희 풍성한 산해진미 잔치 상에서
> 주린 배 움켜쥐던 우리들의 아벨
> 우물가에서 혹은 태평성대 동구 밖에서
> 지친 등 추스르며 한숨짓던 아벨
> 어둠의 골짜기로 골짜기로 거슬러 오르던
> 너희 아벨은 어디로 갔는가?
>
> ──「이 시대의 아벨」 부분

　아우 아벨은 양 치는 목자이고 그를 죽인 카인은 농
부다. 목자나 농부밖에 달리 직업이 있지 않은 시대였
다. 그런데 시인 고정희는 지금 그 아벨의 죽음을 슬퍼
하고 있다. 목자의 죽음을 슬퍼하는 것인가? 그렇다면
왜 새삼스럽게? 이 질문은, 이 시와 함께 시인 고정희의
시 세계에 가까이 가고자 하는 사람들에게 있어서 매우

중요한 것이며, 고정희 시의 활력이 되고 있는 소중한 바탕과 힘이 될 것이다.

고정희는 의문문과 감탄문을 아주 유효하게 사용하는 시인인데 「이 시대의 아벨」에서도 '~느냐'는 의문문 형식과 '~리라'는 감탄문 형식이 주류를 이룬다. 이런 방법은 '~이다'는 투의 직설적 진술 방법이 갖는 자기 폐쇄적 흐름을 부수고 읽는 이에게 호소력을 배가시키고 때로 충동적인 권고의 느낌을 요구한다. 바로 그런 식으로 시인은 이 작품에서 아벨의 실종을 애달파하며, 이제 아벨을 우리 옆에서 찾아볼 수 없게 된 슬픔에 동참할 것을 우리 모두에게 강력히 권유한다. 그렇다면 이 시대의 아벨은 누구인가? 그는 안락한 처마 밑에서 함께 살기 원하던 자였으며, 풍성한 산해진미 잔칫상에서 주린 배 움켜쥐던 자였다. 창세기에 나오는 아벨을 오늘날 우리 시대에서 고정희는 이런 존재로 받아들이고 있다. 여기에는 문제가 없지 않다. 양 치는 목자가 왜 핍박받고 가난한 자의 모습을 한 얼굴이 되느냐는 물음이 있을 수 있다. 성서 해석상의 많은 이론이 있을 수 있다. 그러나 시인은 아벨이 아무 죄 없이 핍박받았다는 점 때문인지, 고통받는 자들의 표상으로 그를 사용한다. 그러나 카인과 아벨의 비극은, 창세기 때에도 그러하였고 예수 십자가 사건 당시에도 그러하였으며, 오늘날에도 마찬가지이다. 그것은 아마 인간의 속성이리라. 그렇기 때문에 기독교에서는 그리스도를 닮으려고 하는 것이며 쉼 없는 기도가 역설되는 것이다. 인간의 속성을 죽이는 길은 그 길밖에 없기 때문이다. 그 길을 놓치면 슬픔과 절망이 함께 밀어닥친다. 고정희는 그 길을 알고 있고 또 걷고 있다. 그러나 이따금 그도 그 길을 벗어나 길가에 앉아 한숨을 쉬기도 하고 분노의 주먹을 쥐기도 하며 피곤한 좌절의 모습을 보이기도 한다. 어쩔 수 없는 인간의 모습이다. 그러나 근본적으로 그는 그것의 무용함, 부질없음을 알고 있다. 여기서 그의 모습은 내게 오스트리아 시인인 호프만시탈처럼 비쳐지기도 한다. 과학과 정치에 절망했고, 삶의 허무함을 알았으나, 그렇기 때문에 오히려 삶을 사랑했고 하나님을 경건하게 생각했던, 그리하여 인간들끼리의 따뜻한 유대를 소중하게 여겼던 호프만시탈. 그는 비슷한 시기에 게오르게와 릴케가 기독교를 떠나가고 있을 때에도 하늘에 대한 기도를 잊지 않았다. 때로 연약하고 방황하지만 고정희에게는 이 같은 강인한 믿음이 있다.

고정희는 어쩌면 '기독교 시인'이라는 이름을 그리 달가워하지 않을는지 모른다. 왜냐하면 그는 그 어느 시인보다 자유를 사랑하고 있고, 또 그것을 중요시하고 있다. 사실 그에게 어떤 제한을 가하는 이름을 붙여주는 것은 어울려 보이지 않는다. 그는 구속을 싫어한다. 그러나 어쩌랴. 그의 그 천의무봉한 듯한 호방함과 무

엇보다도 인간을 향한 그 서늘한 열기로 가득 찬 사랑
의 노래가 바로 가장 참다운 의미에 있어서 그리스도의
정신인 것을. 어떤 의미에서 그의 시는 변질되고 오해
된 이 땅의 기독교 정신을 올바르게 풀어 보여주고 있
는 복음의 노래이다.

> 이제야 알겠네
> 먹물일수록 찬란한 빛의 임재, 그러니
> 빛이 된 사람들아
> 그대가 빛으로 남는 길은
> 그대보다 큰 어둠의 땅으로
> 내려오고 내려오고 내려오는 일
> 어둠의 사람들은 행복하여라
> ──「서울 사랑 ── 어둠을 위하여」 부분

「서울 사랑── 어둠을 위하여」의 이 마지막 부분은 얼
핏 보아 어둠 속에 덮인 사람들, 흔히 많은 사람들이 목
에 힘주어 말하듯 고통받고 핍박받는 가난한 민중들에
대한 찬양 같아 보인다. 그렇게 보일 수 있고 또 그런
면이 있을는지 모른다. 그러나 만일 그렇게만 읽어버리
고 고정희의 시를 덮어버리고 마는 독자가 있다면, 불
행하게도 많은 우리의 문학인들이 그런 독자들이라고
한다면, 그것은 우리 문화 수준의 천박성을 드러내는

꼴 이외에 아무것도 아닐 것이다. 실제로 우리 문화는, 날카로운 문제의식과 사명감을 가지고 고난의 현실과 부딪치고 맞서는 놀라운 용기와 현실 인식의 힘을 지녀 왔음에도 불구하고, 그러한 현실을 정리하고 극복하고, 넘어서는 문화의 단단한 능력을 창출하는 데에 있어서 는 일정한 한계의 이쪽에 머물러왔다. 우리 스스로를 겸허하게 반성하는 의미에서 말한다면, 그것을 천박성 이라고 불러 지나친 자기 비하라 할 수 없으리라고 본 다. 실재만 보고 본질을 보지 못하는 태도를 나무랄 때, 그것을 다만 관념의 유희라고 비웃는다면, 우리 문화는, 현실의 문제점을 지적하고 고발하는 야경꾼 문화의 수 준을 크게 넘어서지 못할 것이다.

고정희의 시는 현실의 문제점을 지적하고 고발하고 자 하는 현실 의식과 함께 그 이상의 어떤 본질 문제를 우리에게 강력히 환기시킨다. 그것이 바로 기독교 정신 이다. 현실 문제를 현실적으로만 보지 않으려는 태도는 그리 쉬운 것이 아니다. 오늘날 우리 사회에는 정신문 화의 빈곤과 가치관의 혼란을 통탄하는 소리가 높은데, 정신문화가 제자리를 잡고 가치관이 확립되기 위해서 는 몇몇의 개인적 개성만이 요구되는 것이 아니다. 인 간으로서의 위대함은 어디까지나 인간으로서의 위대함 일 뿐, 일정한 한계를 갖는 것이다. 고정희의 표현에 따 르면 "하늘 아래"서만 고통도 참다운 극복의 길을 발견

할 수 있는 것이다. 고정희의 시가 기독교 정신을 통해 보여주고 있는 것은 이 같은 초월성의 문화다. 어떤 문화이든 초월성을 지니지 못하면, 세속적 합리성의 도구로 떨어지기 쉽다. 인간적 선을 갈구하는 커다란 요구에도 불구하고, 그러한 문화는 천박한 수평 이동만을 할 뿐이다. 민중의 아픔과 슬픔을 노래하는 그의 시에 의지와 사랑이 숨 쉬는 까닭은 이 같은 수평을 그가 뛰어넘고 있기 때문이다.

"개인이나 교회나 다 같이 조용하고 소리 없이 하나님의 은혜를 사모하고 지나노라면 분명히 하나님은 나에게 접근하고 임재하시며 은혜를 베푸실 것이다."

최근 고정희는 어느 신앙 에세이에서 이렇게 고백한 일이 있다. 그렇다. 고난의 현실 속에서 '조용히' 기도하는 마음이 치열하게 번질 때, 무절제와 규탄과 좌절의 소리로 뒤범벅된 현실은 극복의 새 지평을 찾을 수 있을 것이다. ▨